EXAMEN
DU
VOLTERANISME.

M. DCC. LVII.

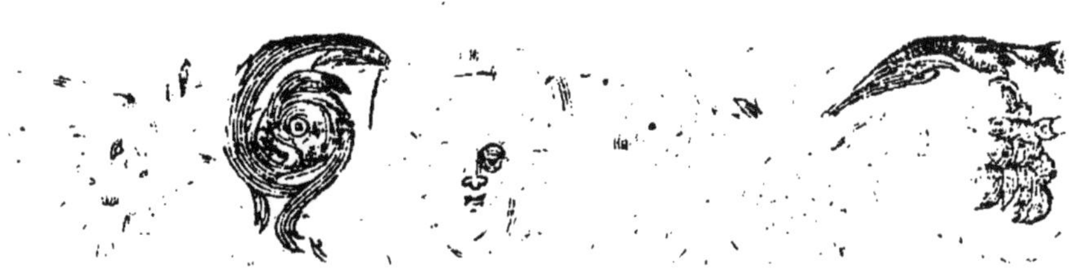

EXAMEN
DU
VOLTERANISME.

Epouillez l'homme des préjugés qu'il reçoit des Législateurs, que trouvera-t-il dans son propre fond ? L'instinct qui y jette des cris contre tout ce qui le gêne, contre tout ce qui s'oppose à ses penchans & à ses desirs immenses pour la félicité. L'instinct est l'unique Loi à laquelle l'homme obéisse avec plaisir. Il lui dit de rompre toutes ses chaînes, de repousser la force par la force, & de conserver les droits de l'égalité. Tout est en commun, lui dit l'instinct. L'air, la lumiere, les biens & la beauté appartiennent par indivis à tous les hommes. C'eſt la tyrannie, c'eſt le bandeau que l'erreur jette ſur vos yeux, foibles Mortels, qui accréditerent & les Religions & les Loix des Monarques.

Nous avons tous, il eſt vrai, ce ſentiment intime tout dangereux qu'il eſt. Mais ce ſentiment eſt-il la voix de la Nature que Voltaire veut que l'on écoute ? Les crimes les plus horribles ſe multiplieroient ; plus de confiance entre les hommes, plus de poſſeſſion paiſible, plus de vertu, plus d'équité.

Quand Voltaire nous dit de ſuivre la Nature, quelle eſt-elle ? ſi ce n'eſt pas notre inſtinct. Que veut-il dire avec ſa Loi naturelle ? Dès qu'il nous parle de Loi, tout en nous ſe révolte ; nous ne connoiſſons d'autre Légiſlateur que notre cœur. C'eſt là où eſt l'Oracle, & cet Oracle ne nous donne pour Loi que le penchant de ce même cœur. Il faut donc que Voltaire nous montre une Loi qui dirige notre inſtinct lorſqu'il eſt injuſte ;

dans quelles ſources puiſera-t-il cette Loi ? Qui dit Loi, dit contrainte, & notre cœur n'en peut ſouffrir. Laiſſez ce cœur à lui-même, il entrera en fureur contre le Tyran qui oſera arrêter le cours du ſang qu'il verſe à gros bouillons dans nos veines.

Mais les Nations, dit-il, inſtruites par la Nature ſont convenuës qu'il ne falloit pas faire à autrui ce que nous ne voulions pas qui nous fût fait ? Ce dogme n'a pas le ſens commun, ſi je n'écoute que mon inſtinct. Si tout eſt en commun, & que l'égalité régne parmi les hommes, il n'y a plus de titres de propriété, & par conſéquent plus d'injuſtice à commettre, ni même à imaginer. Le mien & le tien eſt une maxime abominable, à laquelle on oſe encore donner de l'autorité, & dont on canoniſe les Arrêts ſanglans contre les plus ſenſés de notre eſpéce qui ne connoiſſent que la Loi de l'inſtinct, de cet inſtinct ſimple dans ſes projets, de cet inſtinct qui ne ſe fatigue point à raiſonner, & qui n'invente aucun ſyſtême. S'il y a des dangers à l'écouter : il faudra donc admettre une Religion capable de réprimer ſes prétentions & ſon indépendance. Quelle eſt-elle ? C'eſt la naturelle, dit Voltaire. Si c'eſt la Religion naturelle qui doit guider l'inſtinct, il faut que cette Religion ait des principes invariables dans tous les cœurs ; mais je n'y trouve dans ces cœurs que les principes invariables de la Loi du plus fort & de l'égalité, c. à d. de l'inſtinct. Si la raiſon doit venir au ſecours ; que peut faire la raiſon contre les paſſions impétueuſes qui agitent ſans ceſſe des cœurs qui ne peuvent jamais diſtinguer entre leur inſtinct & cette prétendue Religion naturelle ? A quoi ſerviroit cette Religion qui emporte avec ſoi un culte, ſi la Divinité ne ſe mêle guéres de nos affaires. Et pourquoi nous contraindre par une vertu qui ne nous ſervira guéres dans l'Eternité, & qui ſouvent eſt l'ennemie de notre bonheur paſſager.

Suivez la raiſon, répéte ſans ceſſe, Voltaire. Dépouillez-vous de vos erreurs & goûtez les charmes de la Religion naturelle. Voltaire ſçait par expérience combien il eſt difficile de ſuivre la raiſon. Il ſçait auſſi combien la Religion dont il étale les attraits eſt foible lorſqu'il s'agit d'attacher l'homme à la vérité.

Je compare tous les diſcoureurs de ſon eſpéce à des gens qui jouent à la longue paulme, & qui ſe renvoyent la balle. Ecoutez-les; les uns & les autres ont bien joué. Conſultez les ſpectateurs; ni les uns ni les autres ne méritent les ſuffrages. Il en eſt de même dans la diſpute, les partis différents ont raiſon; aux yeux d'un homme flegmatique ils ont tort.

Eſt-ce en ſuivant les pas de la Nature que nous volons à la vertu? Non. La vertu elle-même n'eſt aux yeux de la Nature qu'une brillante chimere. La vertu trahit quelquefois nos plus chers intérêts. L'homme ne peut souvent la pratiquer sans renoncer à son bonheur. La vertu qui nous nuit vaut-elle un heureux crime ?

Si l'homme abandonné à l'instinct de la Nature, pour en corriger les désordres n'a que la raison pour guide ; que fera-t-il avec elle ? Il s'égarera comme il a fait depuis tant de milliers d'années.

La raison est un phantôme vénérable dont les vieillards impuissans fatiguent la jeunesse folâtre. C'est le déjeuné d'un jeune Scythe maladroit qu'il ne peut enlever avec ses fléches du sommet d'un chêne élevé, au pied duquel il meurt d'inanition. C'est un liévre que l'on n'attrape que lorsque l'on n'a plus de jambes. La jeunesse en vain court après lui ; mais tous les vieillards prétendent l'avoir saisi par les oreilles. Je ne sçais s'il faut les en croire sur leur parole ; puisque la raison les rend tristes, orgueilleux, grondeurs, insupportables dans la société, & si je rentre dans leurs cœurs, j'y trouverai les regrets les plus amers de ne pouvoir plus perdre encore la raison. J'ai bien de la peine à imaginer que l'homme soit fait pour elle. Elle est d'ailleurs si peu semblable à elle-même; que le plus sage Chinois nous paroît un fou, & qu'à notre tour nous sommes des insensés aux yeux de ces Nations qui sentent tous nos ridicules. J'ai de la peine à croire, disoit un Lettré de la Chine à un Voyageur François, que l'homme ait pû se forger des erreurs telles que celles de votre pays. Ces Peuples eux-mêmes tombés dans les égaremens les plus singuliers & les plus étranges les suivent très-gravement, & n'ont qu'un seul avantage sur nous, c'est de ne point essayer inutilement de nous corriger.

Si je me livre librement à mes idées, je ne vois que Loix arbitraires parmi les hommes. La juſtice & la vérité ne doivent leur exiſtence & leur crédit qu'aux préjugés des Peuples, puiſque ce qui eſt juſte & vrai dans une contrée eſt traité de cruauté & de menſonge dans une autre. Un pere à Paris ſeroit barbare, s'il faiſoit héritier principal de ſon bien ſon aîné au préjudice des cadets comme en Bretagne ; & ce que l'on croit le plus reſpectueuſement en France comme des vérités inébranlables eſt regardé en Angleterre comme des rêveries de Prêtres & de Moines. Il eſt donc certain que ſi l'Auteur de la Nature, quel qu'il ſoit, ne nous inſtruit pas lui-même, jamais nous ne corrigerons nos mœurs ; & que ſi la raiſon ſuprême, s'il en eſt une, ne nous éclaire pas de ſon flambeau, notre folle raiſon ne manquera pas de nous tourner la tête. Sans guide elle tombera toujours de précipices en précipices. Un nouveau ſentiment n'eſt ordinairement qu'une nouvelle erreur. Il n'appartient qu'à celui qui a formé l'esprit & le cœur d'en régler les penchans & les mouvements.

Toutes ces réfléxions que nous faisons sur l'homme livré à son instinct ne montrent que trop fortement les vuides de son cœur & les besoins infinis qu'il a non seulement d'une lumiere supérieure à sa raison pour en fixer les doutes, mais encore d'une main pour le soutenir, plus puissante, que les régles inutiles ou perverses que lui prescrit la Nature.

Voltaire a trop de génie pour ne pas s'appercevoir que l'homme a besoin d'une Religion; mais laquelle prendre? je ne vois que trois sentiments dignes de quelque attention. Le Déïsme, le Matérialisme, le Christianisme. Ces trois Religions, ou si vous voulez ces trois opinions, sont trois belles filles qui veulent épouser l'homme, & qui employent tout ce que la Nature, l'habileté de l'Art & la ſageſſe ont de plus ſéduiſant, mais qui pour s'offrir avec trop d'empreſſement, font craindre à l'homme les tracas du mariage, & ſont cauſe que ſouvent il n'épouſe point.

Un jour la belle Chrétienne, un voile ſur les yeux, m'aborda avec un air de dignité & de modeſtie qui m'inſpiroit le reſpect & l'amour. Son viſage étoit ſans fard; la douceur la prenoit par la main; le devoir guidoit ſes pas; la vérité régnoit dans ſon cœur & paſſoit par ſa bouche. Le monde, me dit-elle, n'eſt qu'une ſeule famille, aimez l'homme votre frere, aimez Dieu; je je n'ai point d'autres Loix à vous preſcrire. Adorez l'Etre ſuprême. Ce Dieu qui vous prépare des récompenſes ou des ſupplices ſi vous les méritez, eſt aſſis ſur un Thrône inacceſſible. Prenez de mes mains ce bandeau, pour ne pas être aveuglé par l'éclat de ſa gloire, & ſouvenez-vous de ne le lever jamais pour porter vos regards ſuperbes ſur les myſteres impénétrables qu'il vous révéle.

Que vous êtes belle, lui dis-je ? Que ne vous montrez-vous nuë à nos yeux ? N'écoutez pas, ajouta-t-elle, les Amants inſenſés qui me défigurent. Jettez les yeux ſur la ſplendeur de ma jeuneſſe : qu'elle eſt différente des tableaux où je ſuis méconnoiſſable, & que le Fanatiſme a tracés de ſa main. Je vous aimerai de tout mon cœur, lui dis-je ; mais je ne veux point de bandeau ni ſur votre front, ni ſur le mien. La raiſon me dit que l'évidence eſt mon flambeau. Je veux voir pour croire.

Venez avec moi, venez, me dit la belle Déïſte. Cette fille eſt folle avec ſes myſtéres. Sa Morale eſt charmante ; mais elle radote dès que l'on parle de Dieu avec elle. L'air ouvert & enjoué de cette ſeconde Beauté me plut ; ſa tête étoit ſans voile ; les couleurs les plus vives de la Nature brilloient ſur ſon viſage. Simple, ingénuë, amuſante, careſſante, pleine de feu dans l'imagination, grande, bienfaite, traînant après elle la troupe des graces, des plaiſirs, des ris badins & des jeux, & ne ſe ſervant à ſa cour de la modeſte pudeur que pour enflammer ſes Amants, je crus enfin trouver tous les charmes raſſemblés pour faire la félicité de l'époux fortuné qu'elle aimeroit.

Suivez la Nature, me dit-elle ; elle eſt l'Oracle infaillible, ne recevez de leçons que de votre raiſon.

Epris de tant d'attraits, je croyois toucher au bonheur ſuprême, lorſque je lui demandai les Loix qu'elle m'impoſoit.

Croyez un Dieu Créateur, dit-elle, qui récompenſe la vertu, mais qui ne punit pas éternellement une foibleſſe d'un moment. Pratiquez la vertu, fuyez le vice.

Que m'annoncez-vous là, lui dis-je, belle

Bergere ? Eſt-ce que vous êtes Chrétienne ! Non, répondit-elle. Quoi, vous croyez, vice & vertu ? Spinoſa & Hobbés ne les admettent que comme des ſuites du préjugé, qui chaſſe devant lui les hommes comme un troupeau d'imbéciles. Tout eſt bien dans l'ordre naturel & moral. Quoi, vous croyez des peines paſſageres pour le crime après la mort ? Voilà le Purgatoire de votre rivale.

Mais s'écria la belle Déïſte avec un ton piquant, cette folle croit l'Incarnation du Verbe, la Trinité &c. Elle me fit une énumération de Myſtéres les uns plus incompréhenſibles que les autres. Ses beaux yeux étinceloient des feux de la colere. La comparaiſon de la Chrétienne avec elle l'irritoit. Appaiſez-vous, belle Déïſte, lui dis-je ; mais je ſuis déterminé à n'épouſer aucune Belle qui comme la Chrétienne & vous voudrez m'aveugler. Quoi, vous croyez la création de l'Univers ? Ce Mystére est le premier & le plus révoltant de tous. Il est au moins aussi impénétrable que tous ceux de la sévére Chrétienne. De rien on ne fait rien. Le Néant n'a point de propriétés. Le Néant a-t-il été l'ouvroir où Dieu a travaillé l'Etre réel ? Dieu ne peut être cet Ouvrier dans le Néant, sans être le Néant même. Nul esprit par ses propres forces ne peut me démontrer la Création. La Chrétienne croit ce Mystére comme l'Incarnation du Dieu qu'elle adore ; mais elle a sur vous un avantage, c'est que s'il est vrai, comme vous le dites vous-même sans cesse, que Dieu nous aime, ce Dieu n'a pû aimer l'homme sans se faire homme,

Mais quel rapport y a-t-il, dites-vous, belle Déiste, entre l'amour de Dieu pour l'homme & devenir lui-même un homme ? J'y trouve un rapport très-conforme à ce que je sens quand j'aime. Tous mes sens prennent

prennent un nouvel être. Je n'exiſte plus moi-même. Mon cœur n'eſt plus à moi ; une ame qui s'unit à la mienne anime ce cœur, l'amour m'anéantit.

S'il eſt vrai que Dieu ait aimé l'homme, il n'a pû l'aimer qu'en Dieu ; il l'a donc aimé infiniment. Le propre de l'amour c'eſt de transformer celui qui aime dans l'objet aimé. Or le Dieu qui aime l'homme l'aime infiniment ; il a donc dû ſe transformer en lui infiniment. Le myſtére de l'Incarnation d'un Dieu trouve donc dans ma maniere de ſentir & de penſer quelque proportion que je conçois ; mais la Création de l'Univers ſorti du Néant que vous avez la bonté de croire, belle Déiſte, eſt un article de foi que je n'aurois jamais crû devoir être adopté par une Fille auſſi clairvoyante & auſſi indépendante que vous. J'allois engager une converſation plus ſuivie & plus vive, lorſque j'entendis une voix qui me diſoit : Laiſſez cette inſenſée, elle n'a pas aſſez de foibleſſe pour être Chrétienne, ni aſſez de force pour être Athée. Je tournai la tête pour voir d'où venoit cette voix qui jettoit l'effroi dans mon cœur. J'apperçus la fiere Matérialiſte qui ſur l'aîle des vents des Cieux deſcendoit ſur la Terre pour enſeigner les hommes. Elle tenoit dans ſes mains le ſceptre qu'elle venoit d'arracher à la Divinité. Son char ſuperbe briſoit encore les débris du Thrône de l'Etre Suprême dont elle triomphoit, & d'un ſouffle de ſa bouche tous les Temples que les Nations ont élevés à la gloire de ſon rival, furent réduits en poudre. Je frémis à ſon aſpect. Qui êtes-vous, lui dis-je, qui tenez ſous vos pieds, le Dieu du Ciel abattu? Elle s'approcha de moi d'un air familier & qui ne retenoit rien de ſon orgueil. Ecoutez-moi, l'ami, me dit-elle; tout ce qui eſt, eſt. Rien ne peut commencer, & rien ne peut finir.

La matiere est éternelle, immense, elle gouverne tout, elle voit tout, &c. Elle alloit me donner de la matiere même la définition que la belle Chrétienne donne du Dieu* qu'elle encense, lorsque revenu à moi-même je l'interrompis. Toute brillante que vous êtes par l'éclat qui vous environne, vous n'en imposez, lui dis-je, ni à mon esprit, ni à mon cœur. Je veux des preuves, & je ne reste dans le célibat philosophique que parce que je n'en ai point trouvé chez les Belles de votre espéce qui me satisfassent. Vous épousez tout le monde toutes trois tour-à-tour, & moi je n'épouse rien. Mais dites-moi, ô Reine du Monde, belle Matérialiste, avez-vous épuré le Spinosisme? M'allez-vous montrer Lucrece avec plus de force dans les raisons que de graces dans le langage?

* L'Eternité, l'Immensité &c. sont des Mystéres aussi incompréhensibles que ceux des

belles Déistes & Chrétiennes. L'Eternel & l'Infini n'ont point laissé dans mon cerveau d'idées nettes. Si la matiere, cette substance unique, est éternelle ; infinie, elle est donc la Divinité que vous venez de détrôner. Mais par malheur pour vous rien de tout ce que vous m'offrez ne peut remplacer dans mon cœur le Dieu que je sens & que j'adore. L'esprit qui m'anime vaut mieux que la boue que je foule aux pieds, & si mon esprit a une origine, comme en bonne Physique je n'en puis douter, il y a une source d'intelligence, d'où la mienne est émanée, qui gouverne le Monde comme mon ame gouverne mon corps. Je ne veux pas, Reine du Monde, vous reprocher un Mystére horrible qui naît de vos dogmes ; si tout est Dieu, faudra-t-il que j'adore les scélérats, les traîtres & les monstres qui effrayent les autres hommes par leurs attentats ? Je ne vous dis pas tout. Je vous ménage, belle Matérialiste; ne valez-vous pas mieux vous-même que les rouës de votre char pompeux? Mais ne sentez-vous pas les horreurs de votre systême? Toute charmante que vous êtes, vous me permettrez de vous dire que je déteste tout mystére. Quelle est votre morale? C'est, dites-vous, de suivre l'instinct. La Loi du plus fort va donc régler nos mœurs. Sans Dieu, sans culte ici-bas, sans obéissance aux Loix, l'homme à votre exemple ira-t-il nier son Auteur? Mais pourra-t-il effacer l'empreinte de l'adorable Vérité qu'il trouve gravée dans le fond de son cœur? Pour trouver cette vérité, il n'a pas besoin de consulter les différens Législateurs de la Terre. Malgré les ténèbres de ces Législateurs il n'est pas possible que l'Intelligence Suprême mere de l'intelligence des hommes ait plus mal raisonné que nous.

Il n'y a point de Dieu, dites-vous; vous vous trompez: la matiere est Dieu. Pourquoi forcez-vous l'homme à égaler ses ongles & ses cheveux par leur nature à la nature de l'Etre qui pense, à la nature de l'Etre Suprême ? Démontrez-moi, belle Matérialiste, que la matiere est l'Etre Suprême. L'Etre qui pense en l'homme est, dites-vous, une matiere subtile qui résulte de l'harmonie de cette même matiere ? Mais l'Intelligence Suprême résulte-t-elle également des combinaisons de la matiere ? Eclaircissez mes difficultés sur cet article.

Dans quels abîmes allez-vous vous plonger ? Je veux voir clair pour croire, & vous m'offrez la nuit la plus obscure. Quoi, c'est la matiere qui a inventé tous les Arts & qui les a perfectionnés ? C'est la matiere qui se dissipe au gré des vents, qui forme les connoissances immuables des premieres vérités ? C'est la matiere qui est Dieu ?

Mais comment la matiere a-t-elle pû produire en qualité de premier Etre l'Intelligence de l'Etre Suprême & celle de l'homme ? Si la matiere enfante l'Intelligence, elle ne peut l'enfanter que par le mouvement.

Ou ce mouvement est produit, ou il est essentiel à la matiere.

Si ce mouvement est produit, il ne peut rien produire de lui-même.

Si ce mouvement qui produit l'esprit est essentiel à la matiere, il n'est pas produit. Il est aussi éternel que la matiere dont il est tellement inséparable comme appartenant à son essence, que l'on ne peut concevoir matiere sans mouvement ni mouvement sans matiere. Mais dans la matiere je vois le repos ? Le mouvement essentiel à la matiere seroit-il une bévue ? C'est ce qu'il s'agit d'examiner.

Je suis fâché, belle Matérialiste, de vous contredire ; mais vous qui vous croyez loin de l'incompréhensibilité, vous ne m'offrez que l'Athéïſme & ſes conſéquences affreuſes & votre ſyſtême conſidéré de près ne vous fera pas des Amans, s'ils cherchent comme moi ſans prendre de parti, l'aimable vérité & l'évidence. Je reviens à l'argile que vous me donnez pour premier Etre ; argile qui tout à la fois eſt en mouvement & penſe ; argile combiné par la matiere immenſe qui fait que je lui dois la puiſſance étonnante de l'Etre qui penſe en moi ; argile à qui l'Intelligence ſuprême doit ſon exiſtence.

Si la matiere combinée par le mouvement produit la penſée, je demande quel eſt celui qui produit ce mouvement, pour parvenir à cette combinaiſon.

Si le mouvement eſt eſſentiel à la matiere, il faut que ce mouvement ſoit tel qu'aucune partie de la matiere ne puiſſe être en repos.

Suppoſons le mouvement eſſentiel à la matiere ; il eſt démontré géométriquement que toutes les parties de la matiere étant par leur essence dans un égal mouvement de tous les côtés de chacunes de ses parties, la matiere trouvant une résistance égale de toutes parts par un mouvement égal, restera dans un repos éternel. Ainsi le mouvement supposé nécessaire entraîne après soi *l'impossibilité du mouvement.* Mystére auquel personne n'a pû répondre & ne répondra jamais.

Un Spinosiste est de tous les Raisonneurs le moins conséquent dans ses principes. Il prouve la mortalité de l'ame, parce que l'ame est matiere, tandis qu'il m'assure que la matiere est indestructible & éternelle. L'ame doit donc au moins avoir le privilége de l'argile le plus méprisable.

Quelles conséquences horribles n'enfante pas ce systême? 1°. L'homme pense; mais il n'y a point au dessus de lui d'Etre pensant. Quelle folie!

2°. L'homme reclame contre l'injustice ? C'est un fou qu'il ne faut pas écouter. La Loi du plus fort est donc la seule Loi. Tuez, volez, trompez votre frere, tout cela n'est rien. Craignez seulement le bras des Législateurs.

Où va-t-on par des principes aussi affreux ? Non, belle Matérialiste, je ne puis vous épouser. Vous m'aveuglez encore plus que les deux autres Belles ; & je suis résolu de rester dans le célibat le plus sévère.

Vous riez de la Chrétienne ingénuë & de la jolie Déiste, & moi je ris de vous trois comme de trois imbéciles qui marchez aveuglément à la suite de vos préjugés. Vous êtes à peu près semblables les unes aux autres par les ténèbres étranges de vos Mystéres que je ne fais qu'effleurer ici par le dégoût que vous m'inspirez pour toutes les opinions enfantées par les hommes.

Oui, je voudrois que Dieu me parlât, &

qu'il descendît du Ciel pour confondre tous les Systêmes méprisables dont l'homme est la duppe. Peut-être a-t-il parlé. Peut-être est-il descendu jusqu'à nous pour dissiper nos erreurs. La Chrétienne qui m'en assure mériteroit plus d'être écoutée que ses deux rivales, si elle n'étoit pas obsédée par des Amants qui l'avilissent. Je voudrois lui parler loin de la foule, & ne trouver que Paschal à ses côtés. Il est ridicule à la belle Déiste & à la belle Matérialiste de blâmer les profondeurs de la belle Chrétienne, tandis que toutes deux sont plongées elles-mêmes dans des abîmes impénétrables.

Je parle ici en homme désintéressé comme dans mes trois Epîtres à l'Auteur de la Religion Naturelle.

1°. Dans la premiere Epître je fais sentir les suites horribles du Systême des Naturalistes, à moins que la Divinité même ne guide la Nature.

2°. Dans la ſeconde, je prouve que la raiſon ne ſuffit pas pour corriger la Nature.

3°. Dans la troiſiéme, j'examine les Syſtêmes des Unitaires, des Spinoſiſtes & des Chrétiens, & je conclus que tout eſprit libre de préjugés donnera plutôt ſon ſuffrage au Chriſtianiſme qu'aux deux autres Syſtêmes.

EPITRES

D'UN HOMME DÉSINTERESSÉ

A M. DE VOLTAIRE,

Sur son Poëme de la Religion Naturelle.

EPITRES D'UN HOMME DÉSINTERESSÉ A M. DE VOLTAIRE,

Sur son Poëme de la Religion Naturelle.

EPITRE I.

Tu chantes dans tes vers la Loi de la Nature ;
Peut-elle seule enfin guider nos foibles pas ?
L'homme l'aime, la suit, & ne la connoît pas.
L'instinct seul est sa Loi ; seul exempt d'imposture,
L'instinct de la raison négligeant tous les droits,
Est heureux, & jamais ne combine un Mystére.

Le plus profond de tous, VOLTAIRE, tu le crois;
Quel Dieu du pur Néant fit sortir la matiere?

Quoi! je te vois plier ton esprit radieux
Sous le vain préjugé de ce dogme impossible?
Sois Chrétien: que t'importe; & d'un mystere ou deu
Charge encor ta raison que tu crois infaillible.

La Loi de Spinosa, c'est la nécessité.
Tout être est increé, dit-il, dans son systême.
Bo... le Théatin, T*** & toi-même,
Qu'êtes-vous, trois Rêveurs de la Divinité.
Et toi plus foible qu'eux, le dirai-je, Voltaire?
Tu parles de vertus dont ton Dieu n'a que faire.
Peut-il être jaloux de nos vœux assidus?
Trop grand pour exiger un inutile hommage,
Nul Mortel aux Enfers n'éprouvera sa rage.
D'un même œil il regarde & Neron & Titus.

Qu'appelles-tu ton Dieu? Quel est enfin cet Etre
Que la crainte ou l'erreur nous ont donné pour Maî-
tre?
Fantôme imaginé que tu ne connois pas;
Tu ne sçais quel il est: & tu veux sur ses pas
Que l'homme renonçant à ses penchans coupables,
Marche en vain à sa suite incertain de son sort,

Pratique

Pratique les vertus & mépriſe la mort ;
La vertu va nous rendre encor plus miſérables.

Hobbés & Spinoſa plus conſéquens que toi
Pour le bien des Etats tolérent les ſupplices ;
Mais ſecouânt le joug d'une importune loi,
Nous ont débaraſſés des vertus & des vices.

Pourquoi ſi je ſuis né violent, emporté,
D'un Mortel égorgé veut-on me faire un crime ?
Si mon cœur ſans meſure aime la volupté,
Pourquoi donc mon amour eſt-il illégitime ?

La Loi de la Nature eſt la Loi du plus fort.
Sur tes biens, homme injuſte, apporte-moi tes titres.
Tous de notre bonheur, nous ſommes les arbitres,
Le vice eſt notre appui, la vertu nous fait tort.

Oui, tous, par indivis, nous poſſédons la Terre.
La Nature nous dit ; gardez l'égalité.
Le Deſpotiſme affreux rompt la ſociété ;
Renverſons les Tyrans, déclarons-leur la guerre.

Les biens & la beauté ſont à nous en commun.
Le Jour qui nous éclaire & l'Air que l'on reſpire
De nos droits mutuels établiſſent l'Empire.
Le tout eſt fait pour tous, & n'eſt pas fait pour un.

La source des malheurs qui ravagent le Monde,
Quelle est-elle, Docteur ? C'est le tien & le mien.
Toute injuste qu'elle est, cette Loi fut féconde
Et de mille autres Loix fut le ferme soutien.

Bientôt l'homme immola dans sa cruelle yvresse
L'homme qui repoussant l'affreuse pauvreté
Pour retrouver enfin la juste égalité
De son propre héritage osa prendre une piéce.
Pupile, de ses droits Défenseur malheureux,
Par la force appuyant la Loi de la Nature,
Un Voleur innocent fut mis à la torture
Et mourut au milieu de la Rouë & des Feux.

Quel mal avoit-il fait ? De la Loi naturelle
Il avoit mieux compris l'étenduë & les droits
Que tous les Imposteurs, dont l'infâme Sequelle
Parle d'un Dieu Vangeur & fait regner les Rois.

Oui, si c'est la Nature à ton gré, cher Voltaire,
Dont il faut écouter les suprêmes leçons
Quel homme désormais fier Tyran de son Frere,
Dira, c'est à moi seul, ces vergers, ces moissons ?

Cesse de nous tromper, Législateur Barbare,
Te répondra Cartouche, & dans ton cœur pervers,

Ne va pas approuver l'Usurpateur Avare
Qui posséde la part que j'ai dans l'Univers.

Tout homme par soi-même est un Monarque auguste.
Quels droits ont les Tyrans sur son autorité ?
Quel insensé dira, qu'il cesse d'être juste
S'il fait entre les Rois régner l'égalité ?

Moins solide que beau ton facile génie
A-t-il enfin trouvé le remede à nos maux ?
La Nature n'a pû rétablir l'harmonie,
Simplifier les Loix, briser les échafauts.

A quel Maître faut-il que mon cœur obéisse ?
La Nature n'a pû corriger un seul vice.
L'homme du vrai, du faux éloquent discoureur,
Me fatigue, & jamais ne peut me satisfaire ;
Telle on voit sous les flots de la mer en fureur
S'abîmer sans retour une Barque légere.

Du mensonge infecté, sans craindre son poison,
J'ai compris, me dit-il, la Nature & Dieu même ?
Tour-à-tour il embrasse & quitte un vain systême,
Et l'aveugle ose encor me vanter sa raison.

De la Religion le voile impénétrable

Quelque parti qu'il prenne accable ſon orgueil ;
Déïſte, ſe croit-il enfin plus raiſonnable ?
D'un Etre Créateur il tombe dans l'écueil.

Le Spinoſiſte rit de ſa folle chimere ;
Mépriſe un inſenſé qui blâmant le Chrétien
D'aſſervir ſa raiſon à la Loi du Myſtere
Eſt du plus grand de tous lui-même le ſoutien.

Suis, Mortel, me dis-tu ? la Loi de la Nature ;
Mais quelle eſt cette Loi ? Contraint-elle mes ſens,
Mes paſſions, mon cœur ? Ta Loi n'eſt qu'impoſture :
A ta Loi tous les cœurs ſont déſobéiſſans.
La Nature nous dit de rompre notre chaîne ;
Au gré de nos deſirs, d'être avare, envieux,
Injuſte avec ſoupleſſe, adroit, ambitieux.

Libres nous ſommes Rois & des yeux de la haine
L'homme de la Nature interprête orgueilleux,
N'écoute que les cris de cette Souveraine ;
Il vole à ſes accens, où ſon penchant l'entraîne
Et pour lui cette Loi, ſeule eſt la Loi des Cieux.

Faudra-t-il donc un frein, Voltaire, à la Nature ?
Toute entrave eſt injuſte & renverſe ſa Loi.
Faut-il qu'un Dieu lui-même éclipſant l'impoſture

Vienne pour m'éclairer, me parler de la foi ?
Non, dis-tu ? La raison suffit pour nous conduire ;
Des Mortels égarés dans un Dédale obscur,
Voilà le seul Flambeau, dont l'éclat simple & pur,
Va de la vérité nous dévoiler l'empire.

La Raison, il est vrai, nous donne des avis.
Soyez heureux, dit-elle, en suivant Epicure ;
Evitez les excès du plaisir qui murmure.
Mais ces dogmes brillants n'en sont pas plus suivis.
Legislatrice altiere & toujours impuissante
Sans me rendre meilleur, me traitant de pervers,
En vain elle s'oppose au plaisir qui m'enchante ;
Sur ses pas le plaisir entraîne l'Univers.

Des transports amoureux calmez la violence,
Me dit avec emphase, un Maître de raison ?
Toi-même pourrois-tu garder la tempérance
Si la beauté pouvoit te verser son poison ?

Dans des canaux usés si ton sang est perclus
Dois-tu me commander d'être sexagenaire ?
Aux excès ravissans que tu ne connois plus
Mon sang impétueux vole, sage Voltaire.

Mais tu vas, me dis-tu, mourir de volupté ?

Pourquoi de la Raiſon combattre la Sageſſe ?
Je t'entends, mais ſoudain une jeune Beauté
Me dit, ſuis la Nature, & ſon aimable yvreſſe.
Pourrois-je entre vous deux balancer dans mon choix ?
Sans penſer ſi jamais, il faut que je ſois ſage,
Du Philoſophe altier mépriſant le langage,
Dans les bras de l'amour, je renonce à ſes loix.

Mais la Raiſon me dit, homme, au moins ſoyez juſte ?
Si ſa force affermit tous les uſurpateurs,
Dois-je ſouffrir le joug de ces Legiſlateurs,
Qu'honora l'homme aux fers, du rang le plus auguſte ?

Pour être juſte, il faut que rentré dans ſes droits
L'homme de ſon inſtinct ſuive la Loi ſi pure;
Que vainqueur des Tyrans, de l'erreur & des Rois
Au rang des Animaux, il ſuive la Nature.

Queſt-ce que la Raiſon ? Préjugé faſtueux,
Il ne parle jamais qu'avec un ton de Maître
Contre lui révolté, mon cœur pour être heureux
Ne veut point l'écouter, ne veut point le connoître.

Un Myſtere pour moi, c'eſt un cœur déréglé.

J'ignore jusqu'au nom de crime, d'injustice.
Va-t-on punir un chien pour un chat étranglé ?
Tout est bienici-bas : il n'est vertu ni vice.
La Nature suffit : quel Oracle imposteur
S'opposant à sa voix peut me rendre coupable ?
La Raison qui flétrit son charme trop aimable
N'est pour elle & pour moi qu'un préjugé menteur.

Le Pieux Antonin, les Trajans Débonnaires
Des Romains asservis ont adouci les fers.

Les Rois pour nous dompter sont doux, ils sont séveres ;
Ils nous ouvrent le Ciel, entr'ouvrent les Enfers ;
Les Prêtres de Thémis, les Prêtres d'un Dieu-même
De la Nature en pleurs faisant taire la voix
Font trembler les Humains, sous leur pouvoir suprême,
Et combattent de front la plus juste des Loix.

Oui, cette Loi facile, exempte de tout blâme,
De mon cœur qu'elle anime, est l'instinct le plus doux.
Pourquoi si je la suis, suis-je traité d'infâme ?
Pourquoi donc l'Univers entre-t-il en courroux ?

Si la Raiſon confuſe & la foible Nature
Ne peuvent diriger tous nos pas chancelans,
Un Dieu, peut-être, un Dieu, diſſipant l'impoſture,
Deſcendu juſqu'à nous des Cieux étincelans
Nous va-t-il expliquer le plus profond myſtere ?

Voltaire, conviens donc qu'aveugle comme moi
La Nature n'eſt pas notre ſuprême Loi,
Et que l'homme a beſoin d'un flambeau qui l'éclaire.

EPITRE II.

POur guider les Mortels, faudra-t-il un flambeau
Plus pur que la Raiſon, que l'inſtinct, la Nature ?
Voltaire, avec horreur tu vois que l'impoſture
Nous ſéduit, nous aveugle au ſortir du berceau ?
A nos foibles eſprits, ton ſublime génie
Va-t-il enfin dicter d'infaillibles leçons ?
Vas-tu nous épargner, les malheurs de la vie,
Chaſſer nos préjugés, diſſiper nos ſoupçons ?

L'unique loi, dis-tu, c'eſt la loi naturelle.
Mais jamais cette loi ſuffit-elle aux Mortels ?
C'eſt en ſuivant ſes pas, c'eſt en parlant comme elle
Que nos dociles cœurs deviennent criminels.

Si tout homme eſt né Roi, tout homme a droit de l'être ;
Nous devons en porter les titres ſouverains.
Chaque homme indépendant connoîtra-t-il un Maître,
Si la ſeule Nature eſt Reine des humains ?

Crois-tu que la Nature eſt toujours innocente ;

Que des cieux elle apprit sa loi si séduisante ?
D'où viennent ces remords qu'inspirent les forfaits ?
Oui, nos cœurs malgré nous, veulent être parfaits.

Le Chrétien, le Déiste, annoncent des mysteres.
Spinosa ne peut point nous prouver ses chimeres.
Si l'instinct naturel est la loi de mon cœur,
Le vice va bientôt y regner en Vainqueur.

Quel progrès ferons nous, Voltaire, à cette Ecole
Qui traitant la vertu de contrainte frivole
Nous dit, venez humains, & suivez dans mes bras
La pente de vos cœurs, sans craindre le trépas ?

Je doute que d'un Dieu la suprême Sagesse
Ait voulu des plaisirs nous inspirer l'yvresse.
La honte, les excès, suivent la volupté,
Et le Dieu qui l'approuve est un Dieu détesté.

Dieu, l'homme, la nature ont le même langage
La pudeur, du plaisir, craint la riante image.
Pudeur, fille des Cieux, ah ! quel est ton pouvoir ?
Sur un front innocent tu luis sans le vouloir.

Dans nos mœurs n'aurons-nous pour loi que le caprice ?

Je marche en gémissant dans le chemin du vice.
L'homme est-il donc plongé dans un fatal cahos ?
Quels combats dans mon cœur ? quoi jamais de repos ?
Qui que tu sois, grand Dieu, fais briller ta lumiere ;
Incertain je parcours une obscure carriere.

Tantôt à la vertu, je vole avec ardeur
Tantôt pout l'embrasser, je marche avec langueur.
Mêlange humiliant de grandeur, de bassesse,
De vices, de vertus, de force, de foiblesse,
L'homme rampe, & sa tête est déja dans les Cieux,
Où va donc l'emporter son vol audacieux ?

Rien n'est inpénétrable à son Intelligence ;
Il voit en rougissant sa profonde ignorance.
A l'Etre qu'il adore, il reproche à grands cris
De voiler à ses yeux, ce qu'il n'a pas compris.
Dieu devoit l'appeller à son Conseil suprême,
Partager avec lui sa Divinité même.
Avorton né d'un jour, il combat l'Eternel,
Et prononce tout haut, c'est la faute du Ciel ;
Dieu s'égare ; il m'assigne un destin déplorable.
Viens, toi-même, grand Dieu, confondre ce coupable.

Sous le poids de ta gloire il doit ſe proſterner.
A lui-même, à ſon cœur, je veux le ramener.

Qu'eſt-ce que l'homme? hélas! eſclave du menſonge
La vérité l'étonne & lui paroît un ſonge.

La raiſon, ce flambeau de Dieu même emprunté
S'il s'éteint, doit de lui reprendre ſa clarté.
Au Ciel ſi la raiſon ceſſe d'être ſoumiſe
Pourra-t-elle trouver un Maître qui l'inſtruiſe?

Moi je doute de tout, dit l'homme avec orgueil!
Pourroit-il donc enfin tomber dans cet écueil?

Sa raiſon n'eſt qu'un doute : il s'avilit lui-même.
Incertain, trouve-t-il la Vérité Suprême?
Non : ſon doute ſceptique, auſſi-tôt confondu,
De ſa propre raiſon ne peut être entendu.

Si ta raiſon ſoumiſe aux Loix de la Nature
Du vrai, n'a pas au moins, une foible teinture,
S'il n'eſt rien de conſtant, chancelant ſur ta foi,
Veux-tu fixer mon cœur & triompher de moi?
Le ſort de l'homme eſt-il un genre de ſupplice?
Tantôt je l'apperçois à la ſuite du vice;
Par le remords cruel ſon cœur eſt déchiré;

Il déteſte le mal où ſon cœur s'eſt livré.
De la ſage vertu, prend-il la route aimable ?
Il éprouve en lui-même un combat effroyable.

Il ne ſçait ſi l'eſprit, foible enfant de nos corps,
Ne feroit pas un jeu de fibres, de reſſorts.
Vil jouet de ſes ſens, aux paſſions en butte,
Tantôt il ſe croit Dieu, tantôt il ſe croit Brutte.

La raiſon le conduit, mais c'eſt pour l'égarer;
La vérité l'accable, & le fait ſoupirer.
Il raiſonne ſans ceſſe, il calcule, il combine,
Sans pouvoir par lui-même éclaircir l'origine
Des contrariétés dont il ſent tout le poids.
Libre, mais incertain, lorſqu'il veut faire un choix,
De ſon cœur agité, la foibleſſe s'empare
Souvent pour penſer trop, l'homme orgueilleux s'égare :
Et pour trop peu penſer il tombe dans l'erreur.

Des vertus qu'il trahit, oiſif admirateur,
Lui-même il eſt ingrat, fourbe, infléxible, traître,
Et ne craint de forfaits que ceux qu'on peut connoître

Déſabuſé toujours, & toujours abuſé,

Au dehors, au dedans, il eſt tyranniſé.
Il prend le titre altier de Maître de la Terre ;
L'eſprit, le cœur, les ſens, en lui tout eſt en
guerre.

Du vrai, du faux, dit-il, arbitre impartial,
J'ai le droit d'en juger à mon ſeul Tribunal,
Etrange aveuglement ! imbécille ignorance !
L'homme ne connoit rien. Connoit-il ſon eſſence ?
L'Univers effrayé de ſes raiſonnemens
Se trouble au ſeul aſpect de ſes égaremens.

De l'orgueil, de l'erreur, victime déplorable ;
Tyran de la Nature, énigme inexplicable,
Tu l'avouras, Mortel, tu devrois deſirer
Qu'un Dieu daignât enfin parler & t'éclairer.

Pour pénétrer de Dieu la gloire éblouiſſante,
De ton eſprit ardent la fougue eſt impuiſſante ;
Va des plaines de l'air, meſurer l'Océan ;
De la Terre & des Cieux, trace à nos yeux un
plan.
Va des vagues des Mers par la Lune attirées
Démontrer aux Mortels, les cauſes ignorées.
Veux-tu, nouveau Platon, du bonheur inconnu
Suivre d'un pas tremblant le ſentier peu battu ?

Sectateur insensé de la Philosophie ;
Superbe malheureux, Platon passa sa vie
A donner des conseils qu'il ne pratiqua pas ;
D'un cœur peu satisfait éprouvant les combats,
D'une vertu stérile exagérant les charmes,
Loin de te consoler, il fait couler tes larmes.
Que t'offrent pour secours les Sages si vantés ?
Ont-ils détruit les Dieux par le crime enfantés ;
Dissipé les erreurs, la fable, l'artifice ?
* Socrate du mensonge ose être le complice.

Rappelle à ton esprit les faits de tous les tems.
Sous le joug de l'erreur, les hommes gémissans ;
Te font voir la raison égarée elle-même.
Ce que tu pris pour loi ne fut qu'un vain systême.
Tel un Aveugle croit son pied bien affermi,
Il tombe sous les coups du plus foible ennemi.

La raison orgueilleuse après mille naufrages
Dicta quelques leçons par l'organe des Sages,
Elle établit des loix, voulut régler les mœurs ;
Toute Religion fut un tissu d'erreurs.
Quelle confusion de dogmes ridicules !
Regarde les humains, aveugles & crédules.

* Socrate en mourant pour l'Unité d'un Dieu fit faire un Sacrifice d'un Coq à Esculape.

La raiſon leur forgeant mille cultes divers,
Entre ſes bras trompeurs, endormit l'Univers.

L'homme adora le bois, les métaux, le reptile;
A ſa voix le Romain eſt un Peuple imbécille;
L'Athénien ſcavant, ſur ſes pas empreſſé
S'égare : en l'écoutant le Sage eſt inſenſé.

Ah s'il exiſte un Dieu touché de nos miſéres
Verra-t-il la raiſon qui ſéduiſit nos Peres,
Sur les yeux des enfans épaiſſir ſon bandeau,
Sans nous prêter contre elle un céleſte flambeau?
Souffrirons-nous toujours ton dangereux empire?
Ne peut-on pas enfin, raiſon, te contredire?
Contre toi les humains frémiſſent indignés;
Du ſang de leurs ayeux, les enfans ſont baignés.
Pour un vain argument tu ravageas la Terre,
Toi-même tu guidois le Démon de la guerre;
Et de la Vérité renverſant les Autels,
Comme elle tu voulus inſpirer les Mortels.

Que dit-elle à mon cœur, cette raiſon perfide?
Qu'elle a beſoin d'un frein, d'un Maître qui la guide;
Qu'elle uſurpa les droits de l'Eſprit Souverain.

Source de Vérité, grand Dieu, tends-moi la main.

Touché

Touché de mes malheurs, hâte-toi de descendre ;
Attentif à ta voix, je brule de l'entendre.

Hors de ce cercle étroit, que le Ciel nous prescrit,
Nous ne pouvons jamais élancer notre esprit.
Voltaire, la raison dont tu sens la foiblesse
Doit donc s'humilier, pour trouver la sagesse.

Irai-je consulter cet affreux Tribunal,
Qui me fait ignorer dans un repos fatal,
Ce que c'est que mon être & mon intelligence,
Mon état, mon devoir, ma fin & ma naissance ?

Si le Monde pour nous est sorti du néant,
L'Eternel fit pour lui notre ame en la créant.
De ce Dieu sur ton front, je vois briller l'image ;
De ton sort immortel, cette empreinte est le gage.

Quoi, ta Religion, c'est de n'en point avoir ?
Il n'est donc plus pour toi, de loi, ni de devoir ?
La nature t'égare... ah ! son instinct funeste,
De ce Dieu que je cherche, est-il la voix céleste ?
Haïras-tu toujours le Ciel & la vertu ?
Tiendras-tu sous tes pieds, ton Dieu même abbatu ?

Quel écueil dangereux, je trouve dans moi-même !
Comme la vérité l'erreur a ſon ſyſtême,
La raiſon tour-à-tour leur prête ſon appui.
Dieu doit donc me parler ; je n'écoute que lui.

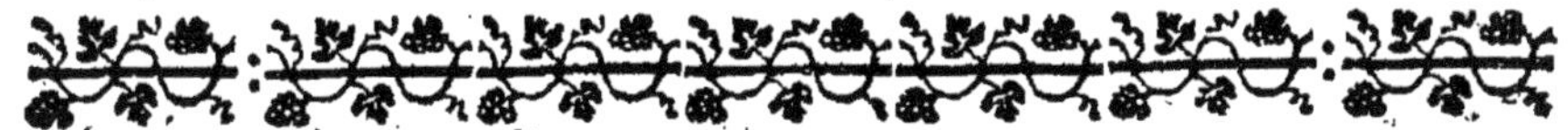

EPITRE III.

SUR trois points, mon esprit, cher Voltaire, est en peine,
Suivrai-je l'Unitaire, Hobbés, ou le Chrétien ?
Mettre aux fers ma raison, c'est exciter ma haine,
Je veux voir clair, pour croire, ou je ne crois plus rien.

Tous trois m'offrent la nuit du plus profond mystere,
Ils me parlent d'un Dieu qu'ils ne connoissent pas ;
Ainsi que le Chrétien, le Déiste sévere,
Présage des malheurs au-delà du trépas.

Tous deux sont-ils d'accord ? Non. La gêne éternelle
Punit, dit le Chrétien, une erreur d'un moment.
Le Déiste a-t-il donc une Loi moins cruelle ?
Contre l'homme coupable il décerne un tourment.

Quelle est de ce dernier l'étrange extravagance !
Il détruit sa raison : il croit un Créateur,
Le néant fut l'ouvroir de cet esprit moteur.

Il ose armer ce Dieu des feux de la vangeance.

Quoi ! Voltaire, un moment passé dans les plaisirs
Fera tomber sur moi de terribles disgraces ?
Le Dieu qui dans mon cœur fait naître des desirs,
Les punit, & prétend qu'un ver suive ses traces ?

Il punit ; mais quelle est l'origine du mal ?
Dieu pour me rendre heureux, si je suis son ouvrage,
N'est-il pas assez bon, assez puissant & sage ?
D'où vient donc du péché le germe si fatal ?
Un Dieu Pere est-il donc un Pere plein de rage ?
Si je dois à ses pieds enfin me prosterner,
Il doit par son amour mériter mon hommage ;
Sinon tous les humains doivent le détrôner.

Le Chrétien craint l'enfer ; tu crains le Purgatoire
Dieu punit : mais dis-tu ? ce n'est pas pour jamais.
Non, Dieu ne punit pas : il n'est point de forfaits ;
Le mal est une erreur que tu nous fais accroire.

Cher Voltaire, est-il rien dans l'homme à corriger ?
L'homme n'est pas un Ange, il est ce qu'il doit être.
Auteur de ses penchans le Dieu qui l'a fait naître,
Quel qu'il soit est injuste en voulant se vanger.

Dans quel abîme obſcur ſe plonge le Déiſte !
Pourquoi preſque Chrétien n'en ſuit-il pas la loi ?
Il croit un Créateur ; il a déja la Foi.
Pourroit-il m'entraîner ? non, je ſuis Nihiliſte,
Venez, me dit Hobbés ; croyez-moi, tout eſt Dieu.
Spinoſa mieux que nous, connut l'Etre Suprême.
Peut-on à la matiere aſſigner aucun lieu ?
Cette unique ſubſtance eſt tout par elle-même.

Traitez avec mépris le rang ambitieux
De tout être que l'homme a placé dans les Cieux.

Du monde Mere antique & ſource renaiſſante ;
La Nature féconde eſt toujours agiſſante,
Semblable à ſes enfans fit mille êtres divers,
De ſon ſein éternel, s'engendra l'Univers ;
Elle contient les loix que reçoit la matiere,
Avec elle toujours éclata la lumiere.
Principe univerſel, elle embraſſe les tems,
Les trois dimenſions & l'eſprit & les ſens.
Tout en elle à la fois eſt ſimple, impénétrable.
De l'Univers l'amour eſt le lien durable ;
La matiere eſt immenſe & rien ne la détruit.
Chercher un autre Dieu, c'eſt travailler ſans fruit.

Je t'entends, cher Hobbés, mais quel eſt le principe

Qu'un mouvement régit, heurte, entraîne, dissipe ?
Impuissant & passif, brute, esclave, changeant,
Ton premier être est donc foible, oisif, indigent.
Moins grand que son Moteur, cet être par essence,
Suit un Maître & partout marque sa dépendance.

Sans cesse il obéït à la nécessité
Le mouvement est-il une Divinité ?
Non, le repos l'arrête : il n'est point nécessaire.
Sa force aux loix soumise est toujours arbitraire ;
Simple effet de la main qui pousse des ressorts
Ou plus lent, ou plus vif, il agite les corps.

Tout ce que j'apperçois au sein de la matiere,
Du seul Etre increé, n'a pas le caractére.
Le tout est, me dis-tu ? par soi-même existant.
D'un autre être à mes yeux chaque être est dé-
pendant.
De ces êtres produits la chaîne successive
Peut-elle subsister sans cause primitive ?
Mais quelle est cette cause ? est-ce-donc l'Univers ?
Il dépend à son tour de chaque être divers.

Nul être pris à part n'existe par soi-même,
Ensemble réunis, sont-ils l'Etre Suprême ?
De tes raisonnemens l'étrange absurdité

Me révolte, & je cherche en vain la vérité
Dans tes dogmes hardis, quoi, de l'être qui pense
Tu veux développer le destin & l'essence ?
Tu vas sans doute, Hobbès, m'instruire de mon sort ?
L'esprit s'anéantit, me dis-tu, par la mort.

Mais rien peut-il périr dans la Nature entiere ?
Indestructible en soi la plus vile poussiere
Ne peut s'évanouir ; & des Arts Créateur
L'esprit qui dans les Cieux va chercher sa grandeur,
Seul au Néant livré verroit l'herbe existante
Du choc des élémens à jamais triomphante ?
Pourquoi donc avilir l'esprit au plus bas rang ?
Cette flamme si pure allumée en ton sang,
Doit au moins partager de l'unique substance
Tous les droits souverains & l'éternelle essence.

Définissant l'esprit définit-on le corps ?
Ont-ils la même essence ? Et quels sont leurs rapports ?

Du feu de la Nature étincelle brillante,
L'ame, dis-tu, nous luit, & s'éteint languissante ?
L'esprit meurt aussitôt que sa source tarit.
L'esprit est donc matiere & la matiere esprit.

Qu'entends-je ? Dans les corps Monade en
cée
L'ame est commensurable ainsi que la pensée ?

Dans ses dimensions, trace un angle, un quarré.
Peux-tu d'un pur esprit, faire un plan figuré ?
Non. La raison rougit : & dans ta main confuse
Le compas inutile à ce plan se refuse.

Mais le corps ici pense, & là ne pense pas ?
Pour toi nouveau mystere & nouvel embarras.

Si la matiere enfin seule est l'Etre Suprême,
Son Essence partout doit exister la même.
Elle doit donc penser en chaque être divers,
Et son ame infinie animer l'Univers.

Dans ce systême aveugle, il est donc vrai de dire,
Ce banc raisonne juste, & ce marbre respire ;
Ce tableau ne dit mot, mais n'en pense pas moins.
Ces murs intelligens sont de muets témoins.

Au sein de la matiere explique ce partage,
Elle est brutte & l'esprit n'est point son appanage.
Il peut être sans elle, elle existe sans lui.
Quelqu'esprit souverain sans doute est son appui.

Dans les traits d'un enfant on reconnoît ſa mere ;
Et de l'eſprit, le corps ne peut être le pere.

Pour juger des objets, l'ame appelle les ſens ;
A ſes ſuprêmes loix ils ſont obéiſſans ;
Loke de la penſée habile Anatomiſte
La diſtingue du corps & n'eſt point Spinoſiſte.
Ainſi ces raiſonneurs m'annonçant des clartés,
Me plongent dans la nuit de mille obſcurités.

Dis-moi, Voltaire, entr'eux quel parti faut-il prendre ?
Oui, le Chrétien qui croit ce qu'il ne peut comprendre,
Qui pour trouver enfin l'aimable Vérité
Soumet l'eſprit, le cœur à la Divinité,
Eſt plus ſage à mes yeux qu'un diſcoureur ſuperbe
Qui ſe croit infaillible, & né pour brouter l'herbe.
Spinoſa ſe croit Dieu, mais il ne ſe croit rien.

Voulez-vous du néant, ſortir, dit le Chrétien ?
Aimez, adorez Dieu qui vous a donné l'être ;
Seul il peut vous inſtruire & ſe faire connoître
Inacceſſible aux yeux de nos foibles eſprits,
Seroit-il ce qu'il eſt, ſi nous l'avions compris ?

Quoi ? Tout est Dieu, Mortel !.. Quelle étrange folie !..
L'essence de Dieu même en ton être avilie,
N'est donc plus désormais qu'un monstre vicieux ?..
Partage-tu les droits du Souverain des Cieux ?
Non. Si c'est là ton Dieu, le mien n'est pas le même.
Puis-je te reconnoître, à ces traits, Dieu Suprême ?
Quel est ce composé de vice, de vertu,
Etre par ma raison détesté, combattu,
Des forfaits des humains incroyable assemblage ;
Horrible Déïté, digne de mon outrage,
Dieu formé par le crime & par l'impiété,
Qui sorti de ton sein en demeure infecté ?

Oui, si tu veux donner à la vile matiere,
Les droits que tu ravis au Dieu que je révére ;
En dépit du bon sens, les aveugles Mortels,
Verront un Dieu massif, assis sur leurs Autels.

Méprisable jouet des formes qu'il embrasse,
Il vit, il meurt, il quitte, il reprend sa surface ;
Il augmente, il décroit comme un vil élément
Il n'a pu s'imprimer le premier mouvement,
Il obéit aux Loix qu'il ne fit pas lui-même ;
Pour rire de ton Dieu tu forgeas ce systême.

Qui dicta le premier ces immuables Loix ?
Est ce le mouvement aveugle dans son choix,
Dont la main souveraine éternelle & féconde,
Par un concours fortuit a fait naître le Monde ?

Mais son sein est stérile ; il cesse d'enfanter.
N'a-t-il pû qu'une fois, avec art s'agiter ?
L'avons-nous vû depuis créer un nouvel être ?
Dis-moi quelle puissance arrête ce grand Maître ?

Quoi tu prends pour ton Dieu, ce principe indigent,
Effet déterminé d'un éternel agent ?
Produit par des ressorts, il n'est rien par essence.
Mon esprit convaincu voit avec évidence
Le Dieu que tu voudrois me faire renoncer ;
Mais le tien dans mon cœur ne peut le remplacer.

Le Chrétien, il est vrai, m'annonce, cher Voltaire,
De sa Religion l'ineffable mystere ;
Mais est-il un systême exempt d'obscurité ?
L'esprit fort n'est qu'erreur & que perpléxité.

FIN.

www.ingramcontent.com/pod-product-compliance
Ingram Content Group UK Ltd.
Pitfield, Milton Keynes, MK11 3LW, UK
UKHW020340220726
13923UKWH00004B/1509